***Verlag* Bibliothek der Provinz**

Das Wilde gilt als Metapher für das Freie
Astrid Kury

Dieses Künstlerbuch wurde zur Ausstellung *Wilde Frau* im Rahmen *Offenes Haus/Space 05* im Kunsthaus Graz präsentiert. Mit herzlichem Dank an Katrin Bucher-Trantow.

Das Projekt *Wilde Frau* wurde umgesetzt in Kooperation mit der Steirischen Kulturinitiative. Vielen Dank an Herbert Nichols-Schweiger.

Mit Texten von

Lucas Gehrmann
Elsbeth Wallnöfer
Elisabeth von Samsonow
Martin Pollack

Der *Wilde Mann* ist eine bekannte archetypische Figur, die sich als Konstante in nahezu allen Kulturen wiederfindet. Als mythisches Wesen lässt er die archaische Kraft der Natur, die tiefe Verbindung mit ihr sowie deren Überwindung durch den kulturalisierten Menschen sichtbar werden. RESANITA erlauben sich in ihrem aktuellen Projekt anhand freier, fiktiver »Rekonstruktionen«, diesen männlichen Archetypus zur *Wilden Frau* werden zu lassen und machen sie zu einer gleichwertigen, starken anthropomorphen Gestalt.

Das Projekt ist eine künstlerische Recherche im zentraleuropäischen Raum und kann als feministische Intervention und Reaktion auf Charles Frégers Fotoserie *Wilder Mann*, speziell auf die Figur des *Grünen*, einer tradierten mythologischen Figur aus Pflanzenmaterial, gelesen werden.

2=1=3.

Künstlerische Land-Erkundungen auf der Suche
nach einer der Natur gemäßen Vernunft

Lucas Gehrmann

Sie steigen ins Auto und fahren ab, durch die Stadt aufs Land, in die Landschaft – zwei wandelnde und also auch automobilisierte Nadelbäume. Richtiger: Tannen, denn das Genus der Tanne ist weiblich und die Protagonistinnen der bevorstehenden Landpartie sind das offenbar auch, sofern wir ihre stellenweise rot aus dem Tannengrün hervorblitzenden Fingernägel als diesbezüglich geschlechtsspezifische Merkmale interpretieren. Klar ist aber ohnehin, dass wir es hier nicht mit gewöhnlichen Tannen zu tun haben, zumal jene, solange sie so vital sind wie die hier zu beobachtenden Exemplare, mittels eines pfahlförmigen Wurzelsystems fest in der Erde und damit an einem jeweils einzigen Ort verankert sind. Wenn auch nachgewiesen ist, dass Bäume über ihre Wurzeln, Blätter oder Nadeln miteinander kommunizieren können, bleiben sie dem Ort ihrer Geburt eben doch lebenslang verbunden. Die am Lenkrad sitzende Reisende dreht beim Stichwort »Kommunikation« das Autoradio auf, das gerade eine dazu passende Geschichte erzählt: »[…] allmählich nimmt die moderne Biologie Abschied vom Bild der Pflanze als passivem Organismus. Grünzeug kann sprechen! Pflanzen verständigen sich allerdings nicht mit Lauten, sondern chemisch, per Ethylen.« Dieses sei ein gasförmiges Molekül, das auch als »Sprache der Pflanzen, als Flüstern und Schwatzen« bezeichnet und in vielen Situationen von einer Pflanze ausgeschüttet werde, erläutert ein Bonner Biologieprofessor namens Dieter Volkmann. Und: »In der freien Natur kommunizieren Pflanzen nicht nur oberirdisch – auch unter der Erde gibt es einen regen Austausch.« Dafür sorge das gigantische, dynamische Netz der Wurzeln und Pilze – das daher auch als »Wood Wide Web« bezeichnet werde.[1]

Allein die Zeit läuft in der Pflanzenwelt anders, langsamer, seufzt die Beifahrerin, während sie auf ihre Armbanduhr blickt, deren Zeiger sich ihrem Empfinden nach viel zu schnell drehen. Jedenfalls ist es Zeit für eine Rast, und auch der ideale Ort dafür gerät in Sicht. Inzwischen nämlich hat der Wagen die zum Zeitpunkt dieser Reise gänzlich barrierefreie österreichisch-slowenische Grenze überquert und damit jenes Grüne Band erreicht, das sich als Niemandsland im Bereich des ehemaligen Eisernen Vorhangs vom Eis- bis an das Schwarzmeer zieht und zu einem unter Naturschutz stehenden Rückzugsgebiet für hunderte auf der Roten Liste geführte Tier- und Pflanzenarten geworden ist. Hier fühlen sich unsere beiden Landschaftstouristinnen naturgemäß wohler als auf der bisher befahrenen, von Windparks, Shoppingcentern und/oder Agrarsteppen[2] gesäumten Autobahn – und lassen den Wagen am Rande der schmalen Fahrbahn, auf die sie zuvor abgebogen sind, stehen. Doch stellt sich bei näherer Betrachtung der Umgebung die Frage, ob das hier tatsächlich jene wilde Natur ist, nach der sie – wie wir zumindest vermuten – suchen: in naher Ferne ein Acker, vorn ein Zaun, gegenüber ein gemähter Wiesenstreifen, nur dahinter ein eher wild wachsendes Feld mit langstängeligen Goldruten (vermutlich *Solidago canadensis*), einer im 18. Jahrhundert aus Nordamerika eingeführten – »transplantierten«[3] – Pflanze, die hierzulande nicht sehr beliebt ist, weil sie wenig Nutzen bringt und heimische Pflanzenarten gerne verdrängt. Gemäß landschaftswissenschaftlicher Terminologie hat dieses Szenario hier jedenfalls den Charakter einer »traditionellen Kulturlandschaft«, das ist eine – wie in dem diese Reise begleitenden Heft *Das Gartenamt* zu lesen ist – agrartechnisch begrenzt genutzte (und daher inzwischen rar

gewordene) Region, in der sich »die Vielfalt der landschaftlichen Dinge in einer ausgewogenen, harmonischen, eben in einer ›schönen‹ Ordnung befindet«.[4]

Gut und schön zwar, flüstern sich die beiden Forschungsreisenden zu, aber interessieren uns Harmonien und schöne Ordnungen im Zusammenhang mit Natur? Schwingen hinter diesen Begriffen nicht eher die alten, stets konstruierten Ideallandschaften etwa eines Nicolas Poussin oder des fiktiven Landschaftsarchitekten Ellison aus E. A. Poes Erzählung *Das Gut zu Arnheim* mit, wo der Erzähler konstatiert, »daß in der Natur keine solche Verbindung von Szenerien besteht, wie ein genialer Maler sie schaffen kann.«[5]? Statt weiter über diese Frage zu sinnieren, bilden die beiden Reisenden eine Symbiose aus ihren physischen Identitäten und den im oben erwähnten Feld wuchernden Goldruten, was auch einer Transformation von ihrem vormals nadelholzigen in einen asternartigen und damit auch neophyten Zustand

gleichkommt. Das heißt, sie sind bzw. ist an diesem Ort zugleich heimisch und fremd, und sie sind bzw. ist jetzt vor allem zwei, eins und drei zugleich. War zuvor jede Einzelne nur ein Hybrid aus Baum- und Menschenwesen, wie dieses uns aus alten Mythologien und neuen Fiktionen auch bekannt sein könnte, stellt uns die neue Formulierung vor weit schwierigere Definitionsaufgaben. Die uns spätestens seit der Antike geistig geläufige und seither mit allen Mitteln der Wissenschaft und Technik praktisch vollzogene Trennung zwischen Subjekt und Objekt sowie zwischen Ich und Du, zwischen Mensch und Natur, Hier und Dort, Innen- und Außenwelt … wird in diesem seltsamen bio-zoo-anthropomorphen Bündel schlagartig anschaulich aufgehoben. Womit auch gleich das Gebäude der Logik implodiert, mit dem wir unsere Welt so feinsäuberlich konstruiert haben. Denn 2=1=3 entspricht dieser Logik nicht. Auflösung, Implosion – hinterlässt besagtes Bündel nichts als einen geistigen Trümmerhaufen? Oder folgt das im Radio genannte Wood Wide Web womöglich nicht doch (und auch …) einer anderen, differenzierteren, komplexeren oder auch einfacheren Logik als der uns seit Euklid & Co geläufigen?

 Das Radio bringt inzwischen den Wetterbericht mit nachfolgender Prognose für die nächsten drei Tage. Die Meteorolog/innen haben dafür Tausende aktuelle, von Satelliten, Wetterballons und Bodenstationen gesendete Daten auf ihren Rechnern versammelt und ausgewertet und das Ergebnis noch mittels empirischer Werte verfeinert, bevor sie verkünden, dass ein Balkantief längerfristig Regen und böigen Ostwind bringt. Unsere beiden Reisenden befreien sich daher aus ihrer Verbündelung und fahren ab, jetzt Richtung Nordosten, um in Ungarn nach weiteren Landschaften Ausschau zu halten, die ihren künstlerischen Intentionen und minimalistischen Interventionen entgegen kommen. Was sie finden werden, ist in diesem Buch bereits auszugsweise fotografisch wiedergegeben. Vielleicht aber geht die Reise noch weiter, und vielleicht begegnen sie dann endlich auch dem längst angekündigten Balkantief, das bis dato andere Wege eingeschlagen hat als jene, die ihm wetterwissenschaftlich prognostiziert wurden. »Der Glaube, dass Natur das ist, was da ist, wenn man eine Bestandsaufnahme macht, ist beruhigend, aber falsch. Der Glaube, dass sie jeden Nachmittag neu gemacht wird, ist alarmierend, aber richtig«,[6] sagt der britische Anthropologe Michael Thompson derweil auf einem anderen Sender.

1 Susanne Billig, Petra Geist, »Die Intelligenz der Pflanzen. Wie botanische Gewächse unterirdisch miteinander kommunizieren«, in: Deutschlandradio Kultur, 18. 7. 2010; www.deutschlandradiokultur.de/die-intelligenz-der-pflanzen.1067.de.html?dram:article_id=175633. Erwähnenswert ist in diesem Zusammenhang auch Folgendes: »Die modernen Kulturpflanzen haben diese Fähigkeiten verloren. Sie können die Alarmrufe ihrer Artgenossen nicht mehr verstehen und sind selbst nicht in der Lage zu warnen. Sie wurden stumm und taub gezüchtet.« Ebda.
2 Große Landflächen intensiver Agrarproduktion mit monotonem Charakter. Siehe dazu: Werner Nohl, »Agrarlandschaften und ihre Entwicklungsmöglichkeiten aus landschaftsästhetischer Sicht«, Referat an der Forschungsanstalt Agroscope Reckenholz-Tänikon, Zürich 2010, S. 16.
3 Vgl. das Projekt »Transplant« von RESANITA, 2013, www.resanita.at/projekte.php?ID=10&Typ=PR.
4 Werner Nohl, »Landschaftsästhetisches Erleben. Grundformen und ihre nachhaltige Wirkung«, in: *Stadt+Grün. Das Gartenamt*, 59. Jg/Feb. 2010, Berlin: Platzer 2010, S. 29–36.
5 Edgar Allan Poe, *Das Gut zu Arnheim* (1847), übers. von Hedda Eulenberg, Minden: J. C. C. Bruns 1901, www.haus-freiheit.de/poedichtungen/gutarnheim.pdf [Stand: 10. März 2016].
6 Michael Thompson, *Rubbish Theory: The Creation and Destruction of Value*, Oxford: Oxford University Press 1979, hier zit. nach: Hannah Stippl, »Nur wo der Mensch die Natur gestört hat, wird die Landschaft wirklich schön.« *Die landschaftstheoretischen Aquarelle von Lucius Burckhardt*, Diss. Universität für angewandte Kunst Wien, Wien 2011, S. 25.

Wilde Gestalten

Elsbeth Wallnöfer

Als der Volkskundler Wilhelm Mannhardt (1831–1880) im Jahre 1875 ein Buch mit dem Titel *Wald- und Feldkulte* veröffentlichte, schuf er damit eine bis heute bedeutsame Studie zum Animismus. In diesem ersten Band setzte er folgendes voraus: »Aus der Beobachtung des Wachstums schloß der Urmensch auf Wesensgleichheit zwischen sich und der Pflanze; er maß ihr eine der seinigen ähnliche Seele bei. Auf dieser Grundvorstellung beruht der Baumkultus nordeuropäischer Völker.«[1] Was wir sonst den ehemals »primitiv« genannten Kulturen als exotisch und bisweilen abwertend befundeten, gab es auch in unserer deutschen, überhaupt in der europäischen, der eigenen Kultur. Die Welt in der wir lebten, die Natur, die uns umgab, erlebten wir als beseelt. Der Sieg des Realismus ist also nur ein halber Sieg. Eine Reihe folgender Theorien vermochte diese Anschauung nie ganz zu tilgen – denken wir nur an die neue Welle verschiedenster Religionen. Erzählungen zu animistischen Praktiken und Verwandlungen gab und gibt es viele, sie umspannen die Welt wie die fiktiven Längen- und Breitengrade. Eines der frühen schriftlichen Zeugnisse der Umgestaltung von Menschen in Pflanzen sind Ovids *Metamorphosen* (kurz nach Christi Geburt). Darin wimmelt es nur so von Verwandlungen von Menschen in pagane Gestalten (Hyacinthus, Philemon und Baucis, Narcissus und so fort). Mehr als ein Jahrtausend später finden wir in der mittelalterlichen Erzählung »Wolfdietrich« (ca. 1250) das Motiv des Wilden in der Figur der »wilden Else« überliefert. Die wilde Else ist eine zottelige, einem Bären in Gestalt ähnelnde Frau, die verlangt, zur Frau genommen zu werden. Sie wird zurückgewiesen und umgehend verflucht die Else den Verehrten. Die Sagenwelt ist dicht bewohnt von ähnlichen, mit Magie ausgestatten

Wesen. Sie begehren Männer, ab und an treten sie auch im Familienverband auf. Als Fräulein oder Frau tun sie Gutes oder verbreiten Schrecken. Ob als Rächerin oder Glücksbringerin, in Aussehen und Erscheinung unterscheiden sie sich deutlich vom Menschen.

HEILIGE UND WILDE

Nun, was oder wer sind diese wilden Gestalten, die zur Natur verkommenen Menschen, wie stehen sie in Verbindung zueinander und weshalb mag der Mensch sie sich ersonnen haben? Eine letztgültige Antwort wird uns nie beschieden werden, als weltumspannende Konstante der Menschheit scheinen die archaischen Wesen auch allen religiösen Bekehrungsbestrebungen widerstanden zu haben. In den christlichen Kulturen wurden die wilden Figuren in die Mythenwelt verwiesen, so sind sie uns als Teil eines fantastischen heidnischen Reiches überliefert. Es war stets geboten, die archaischen Figuren in ihrer ganz eigenen Beseelung ernst zu nehmen, ansonsten brächten sie Unheil über Haus und Flur. Ihre Funktion bestand darin, als moralische Assistenz im Alltag zu fungieren. Bisweilen werden Baum- und Waldgestalten auch als dämonisch charakterisiert. Ihr Lebenswandel kann sowohl von guten Absichten zeugen als auch boshafte, tyrannische Züge tragen. Sie sind nicht von diesem Leben, gehören einem (kosmischen) Reich an, zu dem der Sterbliche keinen unmittelbaren Zugang hat. Animalisch im Trieb, ja ab und an kannibalisch im Verlangen, huschen sie durch die Köpfe der ErzählerInnen.

Rabiate wilde Wesen treiben ihr Unwesen gar unter Anwendung allerlei Tücken oder aber sie dienen Benachteiligten im Verborgenen zu deren Wohle. Allein menschliche Neugier oder Hochmut vertreibt die guten wilden Wesen, während die Boshaften durch moralische Besserung Frieden finden können. An diesen wilden Figuren scheidet sich der Unterschied zwischen Magie und Religion, zwischen Wissenschaft und Aberglauben. Sie verkörpern die Schwelle vom »Wilden« zum Heiligen oder vom Unreinen zum Reinen. So erbitten gleichfalls fromme Frauen, um der Zwangsverheiratung bzw. erotischen Begierden zu entkommen, von Gott einen übernatürlichen Haarwuchs. Wildheit und Ungezähmtheit dienen in diesem Falle dem Erhalt der Reinheit und Heiligkeit. So geschehen bei der heiligen Kümmernis, auch als virgo fortis (starke Jungfrau) bekannt – über die Bodo Hell eine wunderbare Miszelle verfasst hat.

Die Erzählung des schrecklichen, Furcht einflößenden »Wilden« geht nicht spurlos am Kinde vorbei. Es bewegt einen, es evoziert eine Coda von Ängsten, desgleichen insgeheimer Begehren. Die fromme, vollbärtige Jungfrau wirkt abstoßend, die wilden Fräulein oder Frauen erschrecken bei der bloßen Vorstellung man begegne ihnen. Ob derlei emotiver Ungezähmtheit ist es kaum verwunderlich zu sehen, wie wilde Frauen und wilde Männer als pädagogisches Instrumentarium genutzt wurden. So manchem Kind drohte man noch im 20. Jahrhundert, dass der wilde Mann oder die wilde Frau es holen kommen würden, widersetze es sich den elterlichen Vorgaben. Wild sind die bis heute auftretenden Assistenz-Figuren zum Nikolaus, die Krampusse, die Berchten im Jahresbrauchtum und Volksschauspiel. Von gar schrecklichem Aussehen sind sie fast alle, jedoch gut in ihrer Tat ist die haarige, vollbärtige wie heilige Kümmernis, die angenagelt am Kreuz dem armen Spielmann ihren goldenen Schuh abwirft.

Wild ist nicht nur, was der Legende nach so aussieht, wild ist alles, was nicht (moralisch) gezähmt ist. Wild ist schlicht der Antipode zum Guten. Wild ist das Zwischenreich und alles das, was sich nicht unter Kontrolle bringen lässt. Wild ist alles Heidnische.

Die einen wilden Gestalten ernähren sich von menschlichem Fleische, andere wiederum vorzugsweise von Wurzeln, Kräutern – auf den Almen entwenden die wilden Geister Milch und Käse.

WILDE FRAUEN.
FORMEN DES WILDEN ZWISCHEN GEDEIHEN UND VERDERBEN

Die wilde Else, die Moosfräulein, Wildfrauen in der Steiermark, die Holundermutter, Holzfräulein, heilige Kümmernis, virgo fortis, Baba Jaga, Berchta, Weiße Weiber, Kornmuhme, Roggenweib und wie sie alle noch heißen, kennen wir hauptsächlich aus der Sagen- und Märchenwelt.

Anders verhält es sich mit den wilden Männern, die im jahreszeitlichen Verlauf als leibhaftige Brauchfiguren in Erscheinung treten und denen der französische Fotograf Charles Fréger mit seinem Bildband ein eindrückliches Zeugnis bescherte. Die in den Bräuchen auftauchenden wilden Frauen sind – in männerbündischer Manier – ausschließlich von Männern eingenommene Rollen. Diese Eigenheit, nämlich auch Frauenrollen selber zu spielen, ist einmal einem prinzipiellen patriarchalischen Männerverhalten geschuldet, das wiederum einer idealisierenden Vorstellung verhaftet ist, in der Frauen realiter nicht wild zu sein haben. Auf diese Weise bleibt die wilde Frau eine unbedrohliche, phantasmatische Ausprägung, die buchstäblich ins Märchenland geschickt wird. Die Sagenfigur der ungezähmten wilden Weiblichkeit ist ein hilfreiches Instrumentarium, um ein anthropologisch grundsätzliches Begehren nicht wahr werden zu lassen und die stumme, stille jungfräuliche Dulderin sowie die zahme Ehefrau und Mutter als Idealbild aufrecht zu halten. Während die einen zu Hause still wie widerspruchslos ihren Platz einnehmen, hausen die wilden Frauen in Höhlen, bewohnen Berge. Oftmals huschen sie gespenstisch über Feld und Rain. Man(n) fürchtet sie ob ihrer naturgewaltigen Kraft, daher opfert man ihnen, um sie gnädig zu stimmen. Die letzte Garbe, die beim Schneiden des Flachses oder Roggens übrig blieb, gehörte den Holzfräulein beziehungsweise

dem Roggenweib. Behaart, Baumstämmen nicht unähnlich, waren wiederum die Moosfräulein. In Laub gekleidet oder in Gestalt von Baumreisig gehören sie zu den Waldgeistern, ebenso sind sie die weibliche Seite der Korndämonen. Die steirischen Wildfrauen sind nichts weniger als verwunschene Frauen, die von hinten aussehen wie ein hohler Baum und die stark und kräftig sind, um einen Schlitten voll wilder Jäger zu ziehen.

Längst haben wir gelernt, abergläubische Geschichten ins Reich der Fantasie abzuschieben, haben wir uns auf prosaisches Sagen- und Mythensammeln reduziert, in dem solche und ähnliche Geisterwesen keine Aussagekraft mehr besitzen. Was aber, wenn wir derlei plötzlich ernst nähmen? Es erfüllte uns ein gar bunter Kosmos von starken Frauen, die, ausgestattet mit wundersamen Kräften, die Welt in Bewegung zu setzen vermögen. Diese Frauen sind keine Dulderinnen, keine Märtyrerinnen wie sie uns das christliche Abendland abverlangt. Sie zeichnet eine urgewaltige Kraft aus, mit der sie in klassisch herrschaftlichem Habitus Segen, Schutz oder Fluch, je nachdem, verbreiten. Da bereits ihre »äußere« Erscheinung sie vom Menschen unterscheidet, diese also in gewisser Weise auch das Fremde, das Andere verkörpern, sprengen sie die Grenzen des Selbstverständnisses. Anders formuliert dreh(t)en sie die Herrschaftsverhältnisse um.

REZEPTION DER WILDEN FRAUEN

Der Charme, der von den wilden Legenden ausgeht, hat die generell der Natur verbundenen romantischen Forscher beflügelt. In der Folge finden wir eine Reihe von abergläubischen Aufzeichnungen, in denen derlei Abergläubisches versammelt wurde.

Die anthropomorphen Wesen skizzieren die Schwelle von der vorreligiösen (der magischen) zur religiösen Gesellschaft und das machte sie interessant für die um Faktizität bemühten Wissenschaftler der eben erst erwachten Germanistik und Volkskunde im 19. Jahrhundert. Bei ihren Forschungsgängen entdeckten diese der antiken Mythologie nicht unähnliche Geschichten in der eigenen Kultur. Geschichten von Feen, Wald- und Feldgeistern und Nymphen wurden als »Schätze des Volkes« gehoben. Als Schutzgeister schwebten sie über den mühseligen Alltag der Menschen oder als Dämonen funktionierten sie wie der kantische Imperativ des Volkes: »Benimm dich, dann widerfährt dir nichts zu deinem Nachteil!«.

In der Wissenschaft sind die wilden Frauen (und Männer) endgültig und ex cathedra in das Reich der Phantasie eingeschrieben worden. Christianisierung, Aufklärung und Rationalismus forderten ihren Tribut. Animistische wie alle als abergläubisch eingeschätzten Kulturpraktiken wurden verboten – beispielsweise in Österreich durch den Sohn Maria Theresias, Joseph II. (1741–1790), in Tirol auch »Kirchenräuberseppl« genannt.

Die im Rahmen von Rationalismus und aufgeklärtem Absolutismus abergläubischen Praktiken und Bräuche stachen den um Darstellung der Kultur bemühten Forschern als binnenexotische Besonderheiten ins Auge, ein besonderer erkenntnistheoretischer Wert wurde ihnen jedoch nicht zugedacht. In der Folge spannend wie widersprüchlich ist, wie sich die sich auf diese Geschichtensammlerleidenschaft berufende germanophile Wissenschaft der 1920er Jahre und besonders der nachfolgenden Zeiten darstellt. Sie entdeckte die paganischen wilden Frauen und Männer und

sorgte mit ihrer Politisierung für eine nachhaltige Erzählung, die nicht immer korrekt, aber eben wirkungsvoll war. Was den Christianisierern im Geschmack zu heidnisch war, war den nationalsozialistischen Sammlern zu wenig heidnisch beziehungsweise schien ihnen zu sehr vom Christlichen entstellt. Auf diese Weise können wir bei diesem Thema von einer Entwicklung sprechen, die geradezu exemplarisch synkretistisch ist. Von allem ist ein bisschen was dabei.

WENN DIE WILDEN FRAUEN ERSCHEINEN

Die hier fakultativ gestellte Frage, was passierte, wenn wir die Frauen in den Geschichten ernst nähmen, fand eine knappe Antwort, die die Umkehrung eines Herrschaftsverhältnisses befundete. In der Tat liegt in den Charakterisierungen der wilden Frauen die Skizzierung von starken, entscheidungsfähigen Frauenfiguren. Die im Sagenreich versammelten Figuren offenbaren uns ein Begehren, Verlangen, Sehnen genauso wie Angst im Motiv der wilden Frauen vor derlei Kräften. Auffallend und bei Lichte besehen ist es irritierend, wenn die wilden Frauen in Märchen und Sagen zu verbleiben haben, die noch immer in den Bräuchen festgeschriebenen wilden Frauen aber von Männern okkupiert werden und jedes Jahr eindrücklich in Erscheinung treten. Der emanzipatorische Antrieb, die Brauchwelt umzukehren oder besser gesagt, die Rollen gerecht zu verteilen, schien bisher nicht gekommen. So lebten die einen Frauenwesen in Sage und Märchen fort, die anderen waren in Wirklichkeit camouflierte Männer. Erst mit der »Emanzipation als Kunst« scheinen die wilden Frauen erstmals Gestalt anzunehmen. Die bärengestaltigen Figuren, die strohigen Muhmen, die Reisig gedeckten Fräuleins, die anthropomorphen heu- und grasartigen Grünen von RESANITA lassen die »Geschichtchen-sein-müssenden« und verdammten Wesen wieder aufleben. Die Illusion nimmt dennoch Gestalt an. Die Figuren wurden aus dem tausendjährigen Schlaf gerissen, zum Leben erweckt und finden endlich Eingang in eine Welt, aus der wir ohnedies nicht fallen können, da wir nun mal in ihr drinnen sind, wie einst Christian Dietrich Grabbe (1801–1836) in seinem Aphorismus formulierte.

1 Wilhelm Mannhardt, *Wald- und Feldkulte. Der Baumkultus der Germanen und ihrer Nachbarstämme*, Berlin: Borntraeger 1875, S. IX. https://archive.org/stream/derbaumkultusder01mann#page/viii/mode/2up. [Stand: 10. März 2016]

Women in the Wood
Elisabeth von Samsonow

Es ist die große Frage, ob es eine Geschlechterdifferenz im Inkulturationserfolg gibt oder nicht. Gesetzt den Fall, dass die Kultur, zumindest diejenige, in deren Wirkungsbereich wir uns befinden, stets mehrheitlich männlich dominiert war und wahrscheinlich auch noch immer ist, dann schlägt die Antwort schon vor der Beendigung der Frage zu Buche. Frauen sind, auf Grund ihrer nicht-normativen Präsenz in dieser Kultur immer noch verdächtig »wild«, also zumindest partiell vor-kulturelle Wesen, die den vollen Eintritt in die Kultur, die totale Integration nicht schaffen. So weit ein feministisches Argument, dessen Logik durchaus noch einmal hinterfragt werden darf.

Die Signatur des »Wilden« an der Frau, ihr gewisser kultureller Analphabetismus und ihre translogische oder vorlogische Art zu denken können auch in einem ganz anderen Licht betrachtet werden, in welchem die Kultur in ihrer Opposition zur Natur, welche wiederum für Wildheit zuständig wäre, als Problem erscheint. Die zeitgenössischen Forderungen, das Primat des (männlichen) Menschlichen in der Welt zu dekonstruieren, um damit eine Hauptbedingung für eine zukünftige Ökologie zu erfüllen, die von der substanziellen Interaktion aller Wesen und einer neuen Gleichberechtigung träumt, bauen schon jetzt auf die Gebiete relativer Wildheit, die noch irgendwie praktisch und theoretisch auszumachen sind: auf den Schamanismus (wie kürzlich Ernesto Neto in seinem Brasilien-Projekt), auf minoritäre Ethnien und deren bedrohtes Wissen und natürlich auch auf eine bessere Artikulation und Kommunikation im transhumanen und inter-species Bereich – also zwischen Menschen und Tieren, zwischen Menschen und Molekülen, Pflanzen und Weltwettern und so weiter. Man kann

nun aber kurzerhand auf die niemals voll-Inkulturierten auf breiter Basis zurückgreifen, nämlich auf die Frauen, auch auf die Mädchen (nicht zu vergessen die intergenerationelle Struktur im weiblichen Feld!). Während die einen darüber nachdenken mögen, wie sie denn ihren ökologischen Weltauftrag der Zukunft erfüllen könnten, legen die Frauen einfach einen Zahn zu, so könnte man sich das vorstellen. Sie schminken sich die Wildheit nicht mehr ab, sondern unterstreichen sie, indem sie sich ihrer alten Freundschaften entsinnen und diese erneuern: mit der Salweide und dem Holunder, mit den Birken und Linden, mit Huflattich, Petersilie und den Blüten aller Art. Das Gebiet, in welchem die Species Mensch so unterrepräsentiert ist, dass die anderen den Punkt machen, ist der Wald. Der Wald gegen die Stadt, das Wilde gegen das Zivilisierte. Der Wald ist ein Bewusstseinszustand der anderen Art. Die Frau, die in diesen geht, kehrt gewissermaßen heim, wobei noch einmal genauer betrachtet werden muss, was denn nun das Komplizitäre zwischen der Frau und diesen Gewächsen, also vor allem den Bäumen, ausmacht. Es geht um ein Ereignis, etwa um 5000 v. Chr., das uns die Frau mit Baum auf seltsam eindringliche Weise vorhält. Ishtar ist identifiziert mit dem Baum, den die beiden Ziegen links und rechts beknabbern, Eva steht neben dem Baum, es proliferieren die Baumgöttinnen, von denen die bekannten alpenländischen Saligen ein Überrest sind. Die Frau erscheint nicht nur eskortiert vom Baum, sondern wie in ihn hineingebannt, eingebaut, mit ihm hybridisiert. Die Technologie des Baumes und seine »Ramifikation« wird mit der Frau und deren »Fortpflanzung« so zusammengebracht, dass sich ab jetzt Dynastien bauen lassen, also klar nachvollziehbare Erblinien von Macht und Reichtum.

Mit dem Baum-Frau-Hybrid ist ein Steuermodul erster Klasse eingeführt, das die Reproduktion auf eine manipulierbare Grundlage stellt. Man wird dazu kommen, quer einsteigende Ramifikation einzubauen, zu kreuzen, zu pfropfen. Die Baumtechnologie hat die Menschen gelehrt, dass sie Vielfachexemplare auf einem Phylum sind, dass sie in Stämmen existieren, als Minimalvarianten eines Typs. Man kann sich vorstellen, dass die Stabilisierung des Genoms keine einfache Aufgabe war, dass die Herausbildung der Arten – und die menschliche ist dann nur eine von diesen – zunächst relativ offene, fragile genomische Felder produzierte, deren Homogenität nicht einfach gegeben war. Die Erfindung der Baumfrau und Stammmutter als Phylum und genomisch-dynastisches Prinzip ist in jeder Hinsicht einschneidend gewesen. Wenn die Frauen nun zu den Bäumen zurückkehren, ins Grün, in die Phyto-Welt, in den Wald, geht es nicht nur darum, die Linie der weiblichen Wildheit nachzuzeichnen und zu affirmieren, sondern auch das Problem zu bebrüten, das den Frauen durch die Technologie des Baumes erwachsen ist, zumal ganz offenkundig diese Geschichte der menschlichen Gattung nur noch in Bildern zu haben ist, deren ursprüngliche Inhalte unter verdrehten und korrumpierten Erzählungen versteckt sind. Die pflanzliche Camouflage, zu der RESANITA greifen, das pseudo-militärische Gras-Mimikry, zeigt die Unsichtbarkeit der weiblichen Hybridisierung. Stufe Eins in der radikalen Aufdeckung der Spannungen zwischen Pakt und Manipulation in der Beziehung zwischen Frau und Wald/Grün/Pflanzen ist offenbar das Graskostüm.

Die wilde Frau
Martin Pollack

Ein Bündel Zweige, dichtes Blattwerk oder Getreidehalme, geformt zu seltsamen Gestalten, nicht Mensch, nicht Tier, verschmelzend mit der sie umgebenden Natur. Beunruhigende Erscheinungen. Beängstigend. Verstörend. Handelt es sich um Tarnung? Um perfide Täuschmanöver? Die fremdartigen Gewächse verbergen weibliche Wesen, die sich den Blicken entziehen möchten, die auf etwas lauern. Die jemandem auflauern. Die vermeintlich harmlose Natur erscheint mit einem Mal bedrohlich. Furchteinflößend. Wir denken an wilde Frauen.

Was macht diese aus? Zunächst vor allem die Angst der Männer. Ihre Angst und ihr Misstrauen, die manchmal in Panik umschlagen. Panische Angst. Eine wilde Frau, die sich zur Wehr zu setzen versteht, auch körperlich, jagt Männern Furcht und Schrecken ein. Sie reagieren auf diese mit Wut, vermischt mit Angst. Angst ist immer dabei. Eine wehrhafte Frau macht Angst, weil sie unnatürlich erscheint, den Gesetzen der Natur widersprechend. Besonders schlimm ist es, wenn solche Frauen zur Waffe greifen. Zum Messer. Zur Pistole. Zum Gewehr. Flintenweiber. So nannten Soldaten der Wehrmacht im Zweiten Weltkrieg russische Frauen in Uniform, die mit der Waffe in der Hand kämpften. Von denen gab es viele. Angeblich dienten zwischen 1941 und 1945 eine Million Frauen in der Sowjetarmee. Die meisten freiwillig. Für deutsche Soldaten war das eine neue, unheimliche Erfahrung. Es hieß, die russischen Flintenweiber verübten unsägliche Grausamkeiten, noch viel schlimmer als Männer. Und sie verstanden es meisterhaft, sich zu tarnen, sich unsichtbar zu machen, mit der Natur zu verschmelzen. Weibliche List. Nach dem Überfall der Wehrmacht auf die Sowjetunion verfügte das deutsche Oberkommando, dass

Flintenweiber, russische Frauen in Uniform, unverzüglich zu erschießen seien. Ohne lang zu fackeln. Mit Flintenweibern kannte man keine Gnade. Flintenweiber, wilde Weiber, wurden an Ort und Stelle liquidiert, weil sie der männlichen Ordnung widersprachen.

Mindestens ebenso viele Frauen kämpften als Partisaninnen, meist in Zivil. Russische, ukrainische, belarussische, polnische, serbische, montenegrinische, slowenische Frauen. Die Partisanin agiert bevorzugt getarnt. Sie wartet irgendwo im Gelände, im Wald, im Buschwerk, in einem Feld auf ihr Opfer, sie bemüht sich, das Aussehen eines Baumes, einer grasbewachsenen Erhebung, eines Strauches anzunehmen, um die gegnerischen Soldaten zu täuschen. Sie sollen meinen, da sei nichts als Landschaft, als gefahrlose Natur, ein Baum, ein Busch, nichts weiter. In Wahrheit lauert da die wilde Frau, getarnt als Hecke. Eine Heckenschützin. Sie gibt vor, Teil der Natur zu sein. Sie flößt ihm noch mehr Angst ein als das Flintenweib, das einer Einheit angehört. Die Partisanin entzieht sich jeder Regel. Auf sie reagieren Männer mit unbändiger Wut. Die Partisanin wird, wie das Flintenweib, auf der Stelle niedergemacht. Auf diese Weise wollen die Männer ihre Angst betäuben. Sie wollen den Schrecken, den solche Frauen verbreiten, rasch verdrängen. Mit der blutigen Strafaktion wollen sie die Hierarchie der Geschlechter wieder herstellen. Die Männer wollen nicht zulassen, dass Wildheit zur weiblichen Eigenschaft wird. Drum muss die wilde Frau »ausgemerzt« werden.

RESANITA sind die beiden Künstlerinnen Resa Pernthaller und Anita Fuchs, die seit 1995 in der OG RESANITA|GESTALTUNG zusammenarbeiten und sich 2003 als Künstlerinnenduo RESANITA formiert haben. Sie beschäftigen sich mit temporären Eingriffen in den urbanen Raum, mit nomadischen, kollektiven Prozessen, unterschiedlichsten Formen der Nature Art sowie Performances, die in subjektiven Mythen und feministischen Haltungen wurzeln. Ihr Handlungsfeld ist nicht selten der öffentliche Raum, der durch diese Interventionen – von behutsam integrierter Street-Art-Ausformung bis zur unkonventionellen Plattform für eine partizipatorische Gegenkultur – belebt und mit sinnlicher Energie aufgeladen wird. Ihre gleichermaßen flexiblen wie spontanen Gemeinschaftsarrangements sind asylartige Stationen für zwischenmenschliche Kommunikation. Der Kurator Adam Budak spricht dabei von »formlosen Schutzräumen«, von »Mikroorganismen zur Belebung der kulturellen und sozialen Aspekte des Lebens«.

 RESANITA steht auch für einen eigenwilligen Naturtransfer – »immer wieder treten in ihren Arbeiten Pflanzen als Metaphern für das gesellschaftlich, politisch und institutionell geformte Individuum auf« (Katrin Bucher Trantow). Die Orte des Betriebssystems Kunst werden zu einem vegetativ-heimeligen Erlebnisparcours. Das gebaute, narrative Umfeld zeugt von atmosphärischer Dichte, von Vertrautheit und Intimität. In diesen installativen Wahrnehmungsräumen verbinden sich autobiografische Geschichten und unaufdringliche Zivilisationskritik. Das Spiel mit Formen, Inszenierungen und Bedeutungsebenen kündet von einem von Leichtigkeit geprägten Umgang mit elementaren Themen, von Eigenständigkeit und (Selbst-)Ironie.

Lucas Gehrmann **Studium der Kunstgeschichte und Archäologie in Wien. Seit 1985 als Kurator, Kunstpublizist und -vermittler, Buch-Editeur und Lektor tätig; Autor und Herausgeber zahlreicher Publikationen zur zeitgenössischen Kunst. 1995–2004 Verlags- und Programmleiter von Triton – Verlag für Kunst und Literatur, Wien; 1997–2005 und seit 2011 Kurator an der Kunsthalle Wien.**

Martin Pollack **Autor, Publizist und Übersetzer polnischer Literatur. Beschäftigt sich seit Jahren mit den Ländern Osteuropas, vor allem Polen, Ukraine und Belarus, und mit zeitgeschichtlichen Themen, wie dem Nationalsozialismus in Österreich. Lebt und arbeitet im Südburgenland und in Wien.**

Elisabeth von Samsonow **Künstlerin, Ordinaria für Philosophische und historische Anthropologie der Kunst an der Akademie der bildenden Künste Wien, Mitglied der GEDOK München, Redaktionsmitglied von** *Recherche – Zeitung für Wissenschaft*, **internationale Ausstellungs- und kuratorische Tätigkeit. Publikationen 2016 (Auswahl):** *Epidemic Subjects. Radical Ontologies*, **Zürich/Berlin: Diaphanes Press; Chicago: University Press (in Vorbereitung);** *Egon Schiele=Wiener Enzyklopädie*, **mit Ursula Storch, Weitra: Bibliothek der Provinz. www.samsonow.net, http://pages.akbild.ac.at/kunstanthropologie**

Elsbeth Wallnöfer **Studium der Volkskunde und Philosophie in Wien und Graz. Schwerpunkte: Tracht, Bräuche, NS-Personengeschichte. Zuletzt erschienen** *Märzveigerl und Suppenbrunzer. 555 Begriffe aus dem echten Österreich*, **Salzburg: Verlag Anton Pustet 2014.**

RESANITA
Anita Fuchs, Resa Pernthaller
Wilde Frau (2015–2016)
Präsentation/Ausstellung 5.4.–17.4.2016,
Space05 im Kunsthaus Graz

Projektpartner
Steirische Kulturinitiative
Burggasse 9/2
8010 Graz

Texte
Lucas Gehrmann
Elsbeth Wallnöfer
Elisabeth von Samsonow
Martin Pollack

Lektorat
Elisabeth Arlt, Margit Neuhold

Fotos
Ingrid Högler, Ronald Kodritsch, Leo Kotzmuth,
Hans Kraxner, Rosa Pernthaller, RESANITA

Gestaltung
RESANITA

Satz, Druckvorstufe
Satz & Sätze, Graz

Druck
Steiermärkische Landesdruckerei

Copyright
Alle Rechte vorbehalten. Nachdruck, auch auszugsweise, und Vervielfältigung in jeglicher Form oder Verarbeitung durch elektronische Systeme ohne schriftliche Einwilligung der Autorinnen bzw. des Autors, des Interviewpartners und der Herausgeberin bzw. des Herausgebers sind verboten.

Kontakt
RESANITA
www.resanita.at
office@gestaltung.co.at

ISBN 978-3-99028-553-4

Verlag Bibliothek der Provinz
Großwolfgers 29, 3970 Weitra
Tel. +43(0)2856/3794
www.bibliothekderprovinz.at